勝子の人生、嫁には負けん

出雲りんだ

文芸社

はじめに

勝子は生きた。百歳と数日生きた。

人はそれぞれ顔が違うように、考え方や性格も千差万別だが、ひと言で言うなら、勝子は気の強い女性であった。

百年の長い人生の前半は、ただ淡々と生きたと言うべきかも知れない。しかしその後半は、姑としてのすさまじい人生であった。何事もない平穏な人生を送ったと言う人はいないと思うが、勝子はそれなりに十分満たされた人生を送ったとも言える。勝子という女性は、いずれは忘れ去られてしまう人ではあるが、こんな人生を送った人がいたことを、結婚している人もそうでない人も、この本を通して知っていただければ幸いである。

目次

勝子の生い立ち

勝子は十人姉弟妹の次女として、広島の山深い村に生まれた。

長姉は産後の肥立ちが悪く、嫁ぎ先に子供を残して亡くなっている。そのため、勝子が長姉の代わりに弟妹の面倒をよく見た。姉が早くに亡くなったので、自分がしっかりしなくてはいけないと思ったのであろう。

勝子の父親は、鉄工所の職人で、そこで働く人たちの生活の何から何までを、まとめ役として仕切っていた。しかし、まだ四十そこそこの働き盛りで病死している。

勝子の母親は子供を十人産んでおり、夫が外に出て働いている間、農業をしながら家事をこなし、子らを育て上げた働き者だ。買い物帰りなどに娘である勝子の嫁ぎ先に寄って、元気な孫たちの顔を見て、安堵して家路に就くという日もあったと言う。

勝子の妹の中には、三十代で未亡人となり、その娘もまた未亡人になるという悲しい家族がいた。

また別の妹は、不倫関係の男性に支えられて水商売をしながら子供を育て上げたが、まだ若いうちに糖尿病を患い、合併症も重なって、あれよあれよと言う間にこの世を去った。手広くスナックを経営していたようだが、その子供たちは遺産を巡って醜い争いをしていた。その様を見るにつけ、なまじ金を残さずに死んだ方が良いとも思ってしまう。

他の弟妹の子供たちは、頭も良く、それなりの人生を歩んでいる。

勝子には弟が三人いたが、そのうちの一人は、一生を独身で終えた。好きな女性に思いを伝えることができず、結局、結婚の二文字にたどり着くことはなかった。その弟は牛を飼っていたが、自身の信念を曲げず、牛の色艶が良くなるまで売ろうとせず、大切に育て上げていた。牛を診る先生としても信頼されていた。

その弟は、自分が結婚に縁がなかったので、その代わりと言えるかも知れないが、姉である勝子の長男を自分の息子のように可愛がっていた。母の家に来ては、その子の勉強を見てやり、さらに仕事のことから、いろいろなことを教え、時には本当の息子のように叱りつけ、一緒に泣きながら躾けていた。

勝子は、気が強かったが思いやりがあり、気遣いもよくするので、弟妹からは「アネさん」と慕われていた。

勝子の子供たち

勝子の夫・正雄は農家に生まれたが、大工仕事をしていた。農繁期にはそれなりに手伝いもしたし、忙しい中、子作りにも励んだ。勝子も正雄も、明治の生まれなので、戦争をはさんでの子作りであった。大体二年おきに子供が生まれたが、戦時中は中断し、戦後になって新しい子ができるまでには六年の開きがあって、最終的には十人の子供を作った。勝子の母と同じである。

当時の人は、競うかのようにたくさんの子を儲けている。家計が苦しくても、である。

子供たちはそれぞれ成長していくうちに、親の職業や先祖のことなどが気になるようになってくる。そうして、母親に聞いてみようとするのだが、いつも忙しそうにしていて聞くチャンスがない。やっとのことで聞いてみると、怒られたりする。大人になったある日のこと、ようやく、先祖のことなどが分かったらしい。

遠い昔、この村一帯に武士がなだれ込む勢いでやってきて、それぞれが農家に住み着き、そこの娘と結婚したりして子孫を残していったらしい。勝子の家には安政五年（一八五八年）からの年貢を書き記したものがあるので、もっと前からこの村に住み着いていたのかも知れない。安政五年と言えば、江戸時代、徳川家茂が将軍の時である。

勝子が先祖の話をするのを嫌がったのは、村の人の中には、武士を悪人と思っている人たちもいたようで、口憚られたのだろう。

慶応三年（一八六七年）の大政奉還をこの村で迎えた先祖もいたのである。その時のことなども聞けたかも知れない。そういう昔の話を勝子から聞きだすのは正雄の役だったというが、聞きづらいらしくいつもそういうことは後回しにしていた。そのうちに、もう何も聞けない、永遠に手の届かないところに正雄は逝ってしまった。

昭和四十七年（一九七二年）頃までは、村にはたくさんのわらぶき屋根の家があった。勝子の家もそうだった。江戸時代に建てられたもので、石を並べ敷いた土台の上に建物がある。わらぶき屋根の家はその維持管理にお金がかかるので、だんだんあちこちの家が瓦屋根に変わっていき、現代のような家になっていった。

勝子の家も、五女の恵美子が結婚した頃には瓦屋根になっていた。その上、平屋だったのに二階が増築されていた。もっと後には三階建てになったが、いずれも正雄の仕事であり、いかにも大工らしいところがあり、あちこちに工夫が施されていた。

この夏はここにあった階段が、翌年の夏には別の場所に移っており、そんなことができる大工さんというのはすごいものだなと、六女の久美子は感心したりしたと後日語っている。

勝子は男子を四人産んでいる。そのうちのひとりくらいは大工を目指しても良かったはずだが、結局誰も父のあとを継ぐ者はいなかった。それでも、とりあえずはその家に男の子が生まれたなら万々歳である。

太平洋戦争に突入した昭和十六年（一九四一年）には国の政策で「産めよ、殖やせよ、くにのため」として、盛んに出生を奨励した。また戦後も出生率が上がり、子供の数がとても多くなった。

敗戦国となった貧しい日本はその後急激に復興し、高度成長期を迎えることとなったが、その頃から、子供たちも学歴社会に突入することとなった。ほとんどの家の子たちが高校に行くのが当たり前になりつつあった。

勝子の子供たちも同様であったが、勉強の出来・不出来がはっきりしていた。成績の良い子は高校へ進んだ。また、自由が得られるということで、働きながら高校へ行った子もいた。中には、働きながら学校へ行くことができるということすら知らない子もいた。いずれにしろ、若くても老いても、学ぶ姿勢は永遠に持っていたいものであるが……。

勝子の長男・勇一は、上の学校に進みたいのに、農家の長男として生まれたばかりに高校へは行けなかった。当時の農家では、長男は学問よりも農業をやればよいという風潮であったから、致し方なかった。

勇一は電気に詳しかった。自分でラジオを作ったりしていたが、それはちゃんと電波を受信する立派なものだった。三男の弘三は、通信教育で電気の勉強をしていたので、勝子もその子らも、そのラジオはてっきり弘三が作ったものだと思っていたようだ。勇一は、自慢したり、人の悪口を言ったりすることのない優しい人であった。

次男の清次は、おっとりとしており機敏なところがない。傍から見てもイライラとするようなところがある。体が小さくて弱々しく、病弱な面がある。中学を卒業してから就職した会社で健康診断を受けると、血液の病気ではないかとのことで、二十代後半くらいまでしか生きられないと言われた。そのせいで、自暴自棄になった時期があった。宣告された寿命を過ぎたところで再度検査をしてもらうと、慢性白血病と診断された。鼻血などが止まるまでに時間がかかってしまうし、大きな怪我や事故には十分注意する必要があった。

長女の久子は初めて勝子に宿った子である。第一子なので、神経質に育っているかと思えばそうでもないようだ。むしろ気位が高い。誰よりも「自分が一番！」というところがあり、自分を特別に見てといわんばかりである。看護師になりたいと、看護学校に進んだ。そのときも、自分は誰よりも大切にされているのだから当然という思い上がったところがあった。看護学校へ通わせるために、親がどれだけ苦労したのか、考えようとさえしなかっただろう。

三女の和子は、勝子の子の中では成績が良い方である。十人兄弟姉妹の中で、いわゆる高等学校に進んだのはこの和子だけである。そのせいか、自惚れ屋でプライドも高い。自分より能力が劣ると見ると罵倒することもあるが、一方では、明るく笑ってごまかすような要領の良さもある。

勝子の子供たちの中には、和子のことを妬み、自分は高校へ行きたかったのに親に行かせてもらえなかったと僻む者もいた。しかし、そういう人は高校へ行っていたとしても、単位を全て修得して卒業することができたかどうか、疑問である。

そんな中で、六女の久美子は働きながら高校へ行くことを選んでいる。

社会に出ると、教養があるのとないのとではいろいろな差がついてしまう。高卒と大卒とで差が出るのは、その人の努力次第というところもあるかも知れないが、中卒となると就職できる仕事にも限界がある。こんな仕事は駄目だろう、こんなことはできないだろうと、「だろう」で判断されてしまう。この程度の作業ならできるだろうけれど、難しい仕事はできないだろうと頭から決め付けられてしまうのだ。だから久美子は、高卒の資格はこれからの就職には不可欠だと考えたのだ。

今の時代は、高校に進学するのが当たり前のようになっていて、卒業することの重要性などあまり気にしなくなっているようだが、やはりまじめに学び、学力をつけなくては卒業証書を手にすることはできない。

久美子の上には二つ違いの三つ子がいた。一男二女で、顔はあまり似ていない。生まれたときはとても小さな赤ちゃんだった。そのせいかどうか、頭が良いとか悪いとかという、ひどい言い方をするなら、頭の悪い子たちだった。日常生活には問題はないが、人への気遣いができないという欠点を持っていた。

勝子は、成績は良くなくても、スポーツが得意なら良いと考える母親だった。その点では、三つ子はバレーボールやバスケットボールといったスポーツがかなり得意で、体力もつけ、学校では部活に精を出していた。

三つ子のうちの男の子は博司といい、中学一年生のときまではそれなりに部活で頑張っていたが、だんだん登校拒否になり、家にいることが多くなっていった。そのことは、やがて父親の知るところとなり、父の正雄は、何とか博司を学校に行かせようと、長い竹ぼうきで博司の尻をたたいて促したが、かえって逆効果となった。博司は学校に行く振りをして、中学の近くにある神社で時間をつぶすようになった。

しかし、中学くらいは卒業しなくてはいけないので、最低限の日数は学校へ行くように諭されて、仕方なくそれに従って、博司は何とか中学を卒業することができた。卒業後の就職先を、学校の先生があれこれと探してくれて、どうにか、中卒でも採用してくれる会社に勤めることとなった。

それなのに博司は、その会社を三カ月くらいで辞めてしまい、次の就職先を探して入社するが、そこもまたすぐに辞めてしまう。また次の会社に就職するがそこも退社。入社と退社を繰り返していた。いろいろな仕事に就くのだが、どこも長続きしないのだ。

きちんと勉強してきていないので、いろいろな面で付いていけないというところもあったのかも知れないが、博司自身、「なんとかなる」という考えのところがあったのだろう。「なんとかなる」ではなく、「なんとかする」ために、行うべきことがたくさんあったのではないか。

その後博司は、十七も年齢が離れた家庭のある女性を好きになり、その家庭を壊して結婚している。

長女の久子も、博司同様、ひとつの家庭を壊して再婚しているので、弟の問題解決のために、金銭面で援助している。

そんなごたごたの挙げ句に結婚した博司だが、あまりにも世間のことを知らなさ過ぎた。後年、妻が認知症を患うとどう対処すればよいのか全く分からないようだった。やがて妻が亡くなり、淋しく独りで暮らすようになった。他人の家庭を壊して一緒になった罰が当たったのか。母親である勝子の白寿の祝いの席には出ていたようだが、その後、どこでどうしているのか、消息が知れない。勝子の死も知っているのか、いないのか……。

六女の久美子は、勝子の十番目の子で、兄弟姉妹の一番下である。久美子は、自分の上に九人も兄姉がいるので、それぞれの様子をよく観察していた。そして、あの兄はどうだとか、こっちの姉はこうだとか判じていく。言い争っている兄姉の様子を端で眺め、どちらの言い分が正しいのか、その是非を気にしたりした。

勝子の子供は、一番上の子と一番下の子とでは二十の年齢差がある。一番下の久美子は、ときどきしか顔を見かけない姉たちのことを、「あれはどこのおばさん?」と勝子に尋ねたりする。「おばさんではなく、姉さんだよ」と言われると、今度は、何番目の姉なのか、一番上の姉の名前は何なのか、生年月日はいつなのか、いろいろと気になりだし、勝子から聞いたことを紙に書き付けて、兄弟姉妹のことを覚えた。

兄弟姉妹のことを書き付けた紙を見ていて、久美子は二番目の姉がいないことに気付いた。「どうして二番目はいないの?」と勝子にしつこく質問し、ようやく二番目の姉は小学三年生のときに病死したと知った。

勝子の次女・節子は、あるとき急に具合が悪くなり、夫の正雄がおんぶして病院へ連れて行ったが、家に戻ってきたときにはもう冷たくなっていたという。夫の背中に頭をもたれて冷たくなっていた節子の様子を語る勝子の顔には、どうしようもないほどの悲しみが表れていた。そのときの勝子の気持ちを理解するには、久美子はまだまだ幼かった。

久美子の授業参観に行くとき、勝子はいつも着物に草履姿だった。そんなとき久美子は、他の親たちは皆スカートをはいているのに、どうして着物なんかで来るのかと勝子をなじり、「もう授業参観には来なくていい」とひどいことを言ったりもした。そんな久美子の言葉にひるむ様子も見せず、勝子は子供の成長を楽しみにしていた。

久美子は勝子が四十歳のときの子供である。その年齢であれば、着物姿も仕方のないことである。むごいことを言ったものだと、後年、久美子はいたく反省した。

勝子は積極的に学校行事やPTAなどに参加して、精力的に活動していた。明治時代の生まれである勝子自身が受けた教育は、尋常小学校四年までである。だからこそ、自分の子供たちにはもっと教育を受けさせてやりたいと思っていたが、子供たち自身が、上の学校へ無理に行かなくとも仕事をしていけばいいと言い訳して、学校へ行こうとしなかった。「これからは学力がないと、世の中から置き去りにされてしまう」と子供たちの将来を心配して勝子は言い続けた。

六女の久美子は、かなり記憶力に優れていた。そのため、小学生の頃は漢字で一番になったりして、成績も良かった。しかし、中学生になってからは集中力に欠けるようになった。勝子と、長男・勇一の嫁である悦子との確執によって、家の中がぎくしゃくしており、とても勉強に集中できなくなったのだ。

どうしてこんなに嫁姑の仲が悪いのだろうと、久美子はいつも思っていた。どちらも自分の思い通りにしようとするから、ぶつかり、怒りが生まれてしまうのだろう。勝子はいつも嫁の愚痴を言い、嫁の悦子は腹の中に怒りを溜め込んでいた。

当時は中卒の就職希望者は「金の卵」と言われ、もてはやされた。実際、彼らは日本の高度成長を底辺で支えた協力者だった。

久美子の二歳年上の三つ子たちも、中学を卒業すると働いた。久美子はその三つ子の一人、美代子を頼って就職した。その頃は企業側も、金の卵である勤労学生には至れり尽くせりで待遇した。本州の北から南まで、好きな地で働けた。

久美子は会社の寮に入って、働きながら高校へ通った。仕事は、早番と遅番の二交代制。早番のときは朝四時半に起き、五時から昼過ぎまでが仕事。昼食後はマイクロバスで高校へ行く。遅番は夕方から午後十時四十五分頃まで仕事である。夕方までの時間は高校へ通った。その繰り返しを四年間続け、高校の卒業証書を受け取った。久美子が働きながら通った高校は公立高校だったが、しかし今はもう、その高校は存在しない。

高校を卒業した久美子は、自分自身で勤める会社を見つけ、面接を受け、とある大手企業に就職することができた。そこには寮もあった。親元を離れているので、家賃は安いに越したことはない。

初めての本格的な会社勤めで、久美子はドキドキしながら初出勤の日を迎えた。何が何だか分からないうちに一日が終わった。

朝から夕方までの、通常の勤務時間なのだが、四年間続けた二交代制の癖が抜けず、朝四時に目が覚め、今の仕事の生活時間に早く慣れなくてはと、久美子は必死だった。ようやく体が慣れてくると、四年間本当によく頑張ったな、久美子は自分自身をほめた。

勝子は、末っ子がやっと就職したことを喜んでいた。子供たちがようやく皆、親の手を離れた気楽さからか、長女・久子の嫁ぎ先に気軽に遊びに出かけた。しかし、長女の夫からは嫌がられていた。図々しく、手ぶらでしょっちゅう来るな、ということだろう。久美子が二十歳を過ぎてから、久子の嫁ぎ先に手土産を持って挨拶に行くと、大人になったと長姉は妹をほめた。

当時、三女の和子は五人の子の母親となって頑張っていた。美男美女の夫婦で、男の子四人と女の子を一人もうけながら、離婚することとなった。親が離婚したりすると、子供たちは心に傷を負い、ぐれたりすることも間々あるが、和子の子は五人とも真っすぐたくましく育ち、和子を助けていた。

和子の子供のうち、男の子二人は家庭を持った。特に長男は、男女それぞれの子をさずかり、妻との四人家族で、永住の地を得て平和に暮らしている。また、五人兄弟姉妹のうちの女の子は、小さいときは女の子らしい服装を好まなかったが、今は教育の現場で生き生きと働いている。

姑となった勝子

勝子の長男・勇一が嫁をもらう日が来た。このとき、勇一は二十五歳、嫁の悦子は二十四歳、勝子は五十歳、夫の正雄は五十二歳。小雪の降る日であった。

その日は、夜が明けぬ前から、家の中はなにやらゴタゴタとしていた。勝子は少しも嬉しそうではなかった。嫁取りだというのに、なぜ、あんなに暗い顔だったのだろう。親戚や近所の人は、「これからは楽ができるでいい」と言っていたが、勝子は、「何が？ そんなこと、まだ分からん」と強情を張った。

勇一と悦子の結婚が、どのような経緯で進んだのか定かではないが、この日から、勝子と悦子の辛い戦いが始まった。勝子が後年語った「わしの人生だ」という長い旅の始まりでもあった。

若い頃の勝子は、誰かと口げんかしても、次の日にはケロッとして、大声で笑いながら一緒にお茶を飲んだりしていた。明るく、あっけらかんとしたところがあった。そんな面が、どうして悦子との関係では出てこなかったのか。

嫁取りの日のもてなしの料理は、刺身などを除いて、ほとんど全てを勝子自身が作った。何でも自分でやらなくては、という勝子らしさが出ていた。

勇一と悦子は、見合い結婚であった。悦子の姉が隣村に嫁いでおり、その姉の舅姑が仲人を務めた。その舅は村の役員をしていた。何かあったときには、というよりも勝子の悪口を言うとき、悦子はいつもこの家に行っていた。

ところで、勝子の夫・正雄には、悦子には隠しておきたいことがひとつあった。正雄は友人と三人で電球を盗んだ咎で、留置場に世話になっている。しかも友人と共に盗んだにもかかわらず、お人好しの正雄は友人をかばって、ひとり三日間留置場に入れられていた。そのときは、勝子が裏で動いて正雄は何とか出てこられたが、金額は当時のお金で五百円であった。

しかし、このことは、嫁いできた悦子の知るところとなり、悦子はそんな舅の正雄を、心の底では馬鹿にしていた。そして、家の中に正雄のことを蔑むような言い方をする小姑がいると、自分の味方ができたとばかりにほくそ笑んでいた。

後年、正雄が亡くなったとき、悦子が通夜を執り行おうとしなかったのは、正雄を馬鹿にする気持ちがずっと心の隅にあったからだろう。

嫁・悦子

悦子は、使用人がたくさんいる商家に生まれ、何不自由なく育った。わがままさも気ままさも、そこで培われた。

いつ嫁に行ってもいいように、その商家では娘を外に出して働かせた。それがその家のやり方だったので、悦子も中学を卒業すると、金の卵として都会に出て働いた。やがて適齢期を迎え、知り合いから薦められて見合いをしたのが勇一であった。

勇一はどんな人物として、悦子の家に紹介されたのだろうか。どのような家庭環境として伝えられたのだろう。そして、悦子はどんな女性として紹介されたのだろう。後に勝子の子供たちが、どうして悦子は勇一と結婚したのか、疑問に思うのも無理ないことだった。悦子には、勇一が家も土地もあり、畑や山を持つ大金持ちの家の息子に見えたのだろうか。中卒で都会に出て働いた悦子には、夢に見ていたような人物に思えたのかも知れない。

悦子の親は、山や田畑があり、家もそれなりに広ければ、娘の将来は安泰だと思ったのだろう。だから、嫁に出した悦子のことは、もう関係ないかのようだった。ただ、出戻ることだけは絶対に許さなかった。

悦子の親のことについては、あえて聞きたいと思う者はあまりいなかった。関心がないと言えばそうだ。人に挨拶するときは口が達者だが、心からそう思っているのか、疑わしいような口ぶりだ。勝子の子供たちにしてみれば、悦子がどこから嫁に来たのかもはっきり分かっていなかったし、悦子も実家のことは誰にも話さないので、興味を持つこともなかった。

さて、山や田畑がどれだけあっても、有効利用しなくては何にもならない。勝子は働き者だったので、多くの田畑で朝早くから夜遅くまで働いた。だから当然のように、百姓家に嫁いできた悦子も、自分に負けじと頑張って働いてくれると思っていた。そして、嫁が来ることで、自分も少しは楽になると心の中では思っていた。だがその期待は大きくはずれた。

悦子は楽な生活を夢見ていたので、どんな仕事もやりたくないと思っていた。だから、なんだかんだと言っては、隣村の姉の嫁ぎ先に行っては愚痴をこぼしていた。しかし、悦子の姉は、妹の口から出るたくさんの愚痴について、いったいどう思っていたのだろうか。

悦子が姉の嫁ぎ先で話す愚痴は、いろいろな人の話題になり、やがては勝子の耳にも届くことになる。そうなると、勝子も黙ってはいられなくなる。

勝子にしてみれば簡単にできる農作業も、そのためのいろいろな準備も、いつまでたっても悦子にはできない。当然、勝子はそのことについて、同じ小言を何年も言い続けることになる。料理も勝子の味には近づかないし、掃除や片付けも裁縫も、何ひとつ満足にできない。手際よく動き回ることができない。飲み込みも悪い。悦子は生来不器用だったようだ。過保護に育ったせいなのか、何でも人に依存しようとする。何もしないで、ボーっとお茶を飲みながら誰かと世間話をするのが好きである。

悦子になにかひとつでも取り得があれば、勝子も、そんなところが伸びるように何とか言い様があったかも知れない。

悦子は、大勢の小姑たちや義理の甥や姪に囲まれて暮らしている。そんな小姑たちの言葉を聞いて、自分の味方かどうか判断し、それによって、接し方も変えている。勝子の悪口を言えば自分の味方である。しかし、言い方によっては掌を返したように意地の悪い態度を取る。

自分の理想とかけ離れた現実を、悦子は何とかしようと考えていたのかどうか、ともかく、日々、勝子からやいのやいのと小言を言われ続ける。そんな場面を、悦子はわざと人に見せ、自分はこんなにひどい目に遭っているとアピールするようなところがあった。しかし、その様子を見た者が、それをどう受け取るかはその人次第である。ある者は、勝子が嫁の悦子を鍛えているなと受け取り、ある者は、あんな嫁では駄目だろうと感じる。それでも悦子は、一人でも味方がほしいと思っていたはずだ。そんな悦子の様子を見て同情している者がいた。悦子の娘である。

勝子の子供たちは、悦子と母親の確執をどのように受け止めていたのだろうか。同じことを何度も大声で言う勝子に対して、心の中では何を思っているのか分からないが、その場しのぎの言い方をした悦子が、薄ら笑いを浮かべている場面を六女の久美子はしっかりと見ていた。そして、「ふん、今に見ておれ」と言わんばかりの憎憎しい表情を見せる悦子を見ると、この家は、いったいいつになったら平和になるのだろうか。こんなぎすぎすとした険悪な状態を友人に見られたくない、見せることなどできない。多感な年頃となった久美子はそんなふうに感じていた。

ちょうどそんな頃、嫁姑の諍いが過熱して、悦子が家を出て行くと言い出した。すると勝子はすかさず、「出て行け」と言い放った。そして、「子供は置いていけ」と付け足した。悦子はそのまま出て行った。

「子供には母親が必要だ」と勝子を説得して、夫の勇一は悦子を迎えに行った。どんな親であろうと、たとえ犯罪者だったとしても、子供にとっては大切な母親なのだ。

悦子のたくらみ

悦子の心の底には、長年の恨みをどんな形で晴らしてやろうかというゆがんだ思いが溜まっていった。そのどす黒い心の澱をいつ晴らしてやろうと、虎視眈々と狙っていたであろう。この家の中で、自分の味方をしない者は、早くいなくなってほしいと、ずっと思っていた。

そんな折、勇一がまだ五十歳の若さで、突然この世を去った。不慮の死であった。怪しい。勝子をはじめ舅の正雄、その子供たちも、周囲の人は皆、悦子のことを怪しんだ。悦子が勇一に飲ませていた風邪薬は、実は睡眠薬ではなかったのか？　疑いだすと切りがない。

勇一と悦子の娘・洋子は、当時すでに結婚していたが、離婚したいと父親に相談していた。しかし、勇一は強く反対して、絶対に許さないと言っていた。洋子は保険の外交員として働いていた。勝子は大の保険嫌いで、外交員が来ると玄関先で早々に追い返していた。しかし、保険の加入者を増やしたい洋子は、悦子を頼り、悦子は勝子に内緒で保険に加入していた。

悦子と洋子は仲が良かった。子供に手がかからなくなった悦子は、その頃、パートの仕事に出ていた。そこで知り合った男と不倫の仲になっていた。

勇一が亡くなったとき、悦子と洋子はさめざめと泣いていたが、傍から見るとまるで嘘泣きのようで、むしろ勇一が死んでほっとしているように感じられた。とうてい悲しんでいるとは思えない。悦子は夫亡き後のゆとりある生活を思ったかも知れないし、分からずやの勇一がいる限り、洋子は自由な行動ができないと思っていたかも知れない。かつて、悦子が家を出たときに、勇一に連れ戻されていなければ自由があったはずだ。それが今度は娘が同じ状況になりそうだったのだ。

勝子は深く嘆いていた。そして何もかも嫁の悦子が悪いと思っていた。果たしてそうだったのか、そうではなかったのか、誰にも分からない。

勝子と夫の正雄は、頼りの長男が亡くなり、二人で縁側に座り込み、ぼーっと遠くを眺めていた。長男が亡くなったショックは相当のものだろう。何も手に付かない状態だった。そんな二人を、近くに嫁いだ長女の久子がときどき様子を見に来ていた。そして、笑いが消えた家で、勝子と正雄が仲良く縁側にいるところを写真に収めたりしていた。

そうこうしているうちに、正雄が腰を悪くして歩くのも困難になった。結局、入院治療することになり、その後は老人ホームへと移った。まるで決まったレールの上を進むように、一連のことがスムーズに流れた。老人ホームへの入所については、勝子の子供たちのうち、新興宗教に入信している四人の子が相談して決めたのだが、最終的な決断は、悦子が行った。

正雄が老人ホームに入ることになるまでは、いろいろと小細工があったらしい。勝子はそれを知っていたのか、知らなかったのか、とにかく訳が分からなくなっていた。そして、夜眠れなくなり、睡眠薬を飲むようになっていた。悦子はこの機会を逃さなかった。

悦子にしてみれば、勝子がどうなろうと知ったことではないし、舅の正雄は老人ホームに入っている。もう面倒を見る必要などないと思っていただろう。救急車を呼んで、睡眠薬を飲んでふらついている勝子を乗せて病院へ送った。連れて行ったのは、一時正雄が入院していた病院だった。

病院の医師からは、勝子の状態は睡眠薬を飲んだだけで、他に異常はないから家に連れ帰るように勧められたが、悦子には、勝子を連れ帰る気など毛頭なかった。しかし、その病院は、勝子の身内がいろいろと関係していたので、悦子は自身の血縁を頼って、別の病院に入院させることにした。

勝子はどんな気持ちだっただろう。あっちの病院、こっちの病院と連れて行かれ、自分の意思など関係なしに入院させられたのだ。

ある日、勝子は家に帰りたくて仕方なく、勝手に病院を抜け出して家に向かってテクテクと歩いていた。結局、保護され、病院に連れ戻された。保護されたとき、勝子はしっかりと自分の住所氏名を言うことができたのだが、病院側は痴呆症（現在の老人性認知症）だから、勝手に出歩けないように手足を拘束した。もちろん、それを許可したのは悦子だ。何が何でも、勝子を嫌う悦子だった。

勝子は娘のもとへ

勝子の見舞いに来た三つ子のひとりである四女の美代子が、母親の手足が拘束されているのを見て、こんなひどいことは許せないと、無理やり、自分の嫁ぎ先に連れ帰った。そのことについては、娘の言い分、嫁の言い分が合わず、美代子と悦子の間でずいぶんもめた。まるで勝子を取り合ってけんかしているようだった。結局、美代子が引き取ることに決まり、いろいろな手続きも終えて、勝子は、嫁の悦子とその息子の誠と最後の別れをすることとなった。誠はいわゆるおばあちゃん子だった。勝子が「迎えに来てよ」と誠に言うと、誠は「うん、迎えに行くよ」と返した。それはその場しのぎの答えだったのかも知れないが、二人は泣いて別れを惜しんだ。悦子は泣くことなどなく、むしろせいせいしたという感じだった。

美代子の家で暮らすことになった勝子は、美代子が働いているため、用意された昼食を独りで食べていた。だから、デイサービスの日は楽しかったようだ。

美代子の家に移った勝子のことが、他の子供たちは気掛かりだった。美代子が働いている間、誰もいない家で、娘や娘婿、孫が帰ってくるまで、おとなしくじっとしていられるだろうかということだ。勝子にはするべきことがあるわけでもなく、テレビを見ているだけの毎日である。勝子がときどき壁に向かってぶつぶつと話しかけているのを、美代子の夫は見かけていた。

勝子にしてみれば、退院して家に戻って悦子の顔を見たなら、これまでの仕打ちについて、ああも言おう、こうも言ってやろうと思っていたはずだ。それが突然、美代子の家に来ることになり、悦子に対する溜まりに溜まったわだかまりを発散させるところがなくなってしまったのだ。壁を悦子に見立てて、愚痴を言っていたのだろうか。

勝子はのんびりと毎日を過ごしていたが、暇を持て余していた。やはり、自分の家に帰りたかったのだ。あるとき、一人で外へ出て、家に向かって歩き始めた。どれだけ歩いたのだろうか、老人が歩ける距離をはるかに越えていただろう。ついに疲れて道端に座り込んでしまった。そこを保護され、警察へ連れて行かれた。住所氏名を尋ねられ、勝子は答えたが、伝えた住所は、美代子の家ではなく、帰りたい自分の家の住所であった。警察から嫁の悦子の元に連絡が入り、そこで美代子の連絡先が分かった。

それ以来、美代子とその夫は、勝子を家に閉じ込めるようになった。玄関の鍵を外からかけて、勝子が勝手に外に出られないようにしたのである。二人の行動は、認知症の人の介護をしたことがある人なら理解できるかも知れないが、何も知らない傍から見れば、それは立派な家庭内暴力である。勝子は相当なストレスを感じていたはずだ。

そうこうしていたある日、勝子は誰もいない家で倒れた。早く発見されたから良かったが、即入院である。そして、それ以来、勝子は歩くこともままならなくなり、ついに寝たきりの状態になってしまった。

働いている美代子にしてみれば、勝子の面倒を見るのが煩わしかったのかも知れない。美代子が仕事に出ているときに、勝子はトイレが間に合わず、漏らしてしまうこともあった。そういうことが重なれば、勝子が病院にいてくれたほうが楽なのは確かである。

しかし、必死の思いで母親を自分の家に連れ帰ってきたときのことを、思い起こすべきだったのではないだろうか。仕事を持っているから、親の面倒を見られないと言うのであれば、仕事を辞めて、母親のそばについていてやるべきだったのではないだろうか。その方が、無理を押して連れ帰ってきた甲斐もあるだろうし、勝子の歩行も、そばにいれば介助してやれただろう。農作業で鍛えた勝子の頑健な体なら、リハビリで何とかなったかも知れない。

親の介護をするよりも、仕事を言い訳にしたほうが美代子も楽だったのだろう。家に帰れば、専業主婦と同じように家事が待っている。夫や息子の面倒も見なくてはならない。そこに勝子が加わったのだから、その負担は並大抵のものではなかっただろう。結局、入院、そして老人ホームへと勝子の運命は決まっていった。

　美代子以外の勝子の子供たちは皆、勝子を引き取ったのだから、当然、美代子は仕事を辞めるものだと思っていた。だから、ある意味では、美代子に裏切られたような思いであった。しかし一方では、勝子がずっと美代子の家にいたならば、百歳まで生きることはできなかったはずだとも思える。病院から、老人ホームへと移ったことで、勝子は十分な世話を受けることができたからだ。

　さて、六女の久美子は、勝子の家から比較的近い場所に住んでおり、長女の久子と三女の和子、三つ子のもうひとり恵美子はかなり遠い所に住んでいた。勝子の入院を美代子から知らされた四人は飛んできた。四人に見舞われた勝子は、それぞれの顔を見、名前を呼んで涙ぐんでいた。もちろん悦子にも美代子から連絡が入った。しかし、悦子は勝子を見舞う気持ちなどさらさらなく、勝子の悪口を言う人は自分の味方だと言わんばかりである。

勝子の子供たちの中には、勝子は何も話せないのだから、見舞っても意味がないと言う者もいた。悲しい言い訳である。悦子のことをきつく言ってばかりいた勝子であったが、それも、好き嫌いではなく、悦子に家のことをしっかりとやってほしいという思いからである。確かに、悦子にとっては気の強い嫌な姑ではあっただろうが、子供たちにとっては実の母親である。見舞いに来ようともしない子供たちは、そのことを忘れてしまったのだろうか。悦子から、勝子の悪口を吹き込まれでもしたのだろうか。悦子は、勝子を悪く言う、自分の味方をしてくれそうな小姑には掌を返したような態度をとっていたから。それにしても、悦子はどうして、それほどまでに気に入らない姑のいる家を、さっさと出て行かなかったのだろうか。勇一が亡くなったときに出て行けばよかったのではないか。その勇気がないものだから、姑に仕返しをしようと、長年かけて計画を立てたのだろうか。

程なくして、勝子は治療の必要がなくなり、入院していた病院の系列にある老人ホームに入所した。勝子は老人ホームで、どのような生活を送っていたのだろうか。体を清潔にしてもらい、食事を用意され、夏は暑すぎず、冬は寒くない適温の快適な生活である。介護してくれる人には「おはよう」と挨拶したり、名前を呼ばれると、「はーい」と大きな声で答えたりしていた。面会に来た人は笑顔で迎えた。勝子の面会に行くのは、いつもの四人姉妹である。

六女の久美子はよく、勝子を見舞いがてら観光もした。勝子を出しにして観光するのは気も引けるが、今度はあそこへ行ってみようとか、こちらを見ようと、十分楽しんだ。そして昼食はいつも同じお店で取った。勝子が美代子に引き取られてからの十三年間、久美子はいつも同じ店で昼食を味わった。久美子の娘も、大学の友人たちと共に、バス旅行を楽しみながら、勝子を見舞ったりしていた。

あるとき、久美子が家族と一緒に見舞いに行くと、勝子は娘夫婦の顔と孫の顔を見比べて、「この男とこの女がくっついて、この娘ができた。ハハハ」と笑ったりして、自身の昔を思い起こしているように思えることもあった。ニコニコと、とても良い顔で笑っていた。

老人ホームの人は、本当によく勝子の面倒を見ていた。プライドの高い勝子は、オムツをされるのをとても嫌がった。それを上手くなだめて、オムツを着けさせると、あとは介護の人に任せるようになった。また、気が強く、気難しい勝子の相手をするのは大変だろうに、プロは上手に勝子の気持ちを推し量りながら、車椅子で所内を回ったり、頃合いを見て昼食を出したりして、勝子を世話していた。

あるとき、久美子がひとりで見舞いに行くと、誰かと間違うのか、「迎えに来てくれたか」と言って、立ち上がろうとしたりした。誰かが迎えに来てくれるのをずっと待っているのに、誰も迎えに来ない。そんなとき、身内の面会に喜び、ふと、思いが口を衝いて出たのだろうか。

勝子が待っているのは、悦子の息子の誠だった。勝子は、誠をとても可愛がっていた。転院の際に最後の別れをしたとき、誠が「迎えに行くよ」と言ったことを忘れないでいたのだ。そんな約束をしたことさえ忘れてしまった人には、迷惑なことだったかも知れないが。

ところで、勝子が、四女・美代子の家に閉じ込められていたとき、美代子夫婦は近所の人たちに、自分たちには他にどうしようもないのだと言い訳していた。いわゆる「まだらボケ」の部分が勝子にはあったかも知れない。それでも、まだまだしっかりしたところもあった。美代子の夫が「お義母《かあ》さん」と呼ぶと、「わしはあんたを産んでいないから、母さんではない」と言ったりしていた。久美子が見舞いに美代子の家を訪ねたときには、こんなこともあった。久美子が、夫の母親が亡くなって、葬式があったことを伝えると、「支度せねば、行かねば」と言って、出かけようとしたりした。

また、入院していたときも、「わしの人生だけん。嫁に厳しく言い過ぎたから、こうなった。だが、嫁には負けん」と語ったことが、久美子の頭からは離れなかった。だから、久美子には、勝子がボケた振りをしているのではないかと思えることもあった。

そんな母親の様子を知っている久美子は、ボケたからああいうふうに閉じ込めたんだと言い訳した姉夫婦を、大人気ないと思っていた。


勝子はずっと、誰かが迎えに来てくれるだろうと待っていたのかも知れない。住み慣れた自分の家に戻りたいと、思っていたであろう。その思いが涙ぐましい。あのとき、孫の誠が約束してくれたのに、と思っていたであろう。勝子の目にはいつも涙が溜まっていた。誰も自分のことを思ってくれないという、嘆きの涙だったのか、それとも、どうにもならないことへのやるせない涙だったのか。長く生きてしまった自分の生を悲しんでいたのか。涙の訳は何だったのだろう。

勝子が最初に入院した病院には、三女・和子の身内と関係のある人が勤務していた。和子は、なぜ必要もない薬を母に出したのか、など、いろいろなことをその人から知らされた。転院してからは、美代子がしつこくいろんなことを問い質していた。そして、悦子のしたことが明らかになってきた。口うるさく、大嫌いな姑からいじめられた嫁が、睡眠薬を多く飲ませたりして、病院に入れたのだ。

悦子は、勝子の様子を気にすることもなく、心配もしていない。その気楽さから、本音をポロッと口にしてしまった。「完全にボケたなら面倒を見てもいいが、元気なら面倒は見ない」と。病院送りにした挙げ句、退院させたくない、引き取りたくもない、と言うのだ。

嫁いびりの仕返しが勝子を苦しめたのだ。「ざまあみろ」と悦子は腹の中で思っていたはずだ。

悦子の不倫

悦子という人間は、嫁姑の関係がぎくしゃくしている最中も、好き勝手をしていた。子供に手がかからなくなると、パートに出るようになった。「パートに行ってくる」と、もっともらしいことを言っては、軽自動車に乗って、鼻歌交じりのルンルン気分で出かけていく悦子の姿がよく見られた。そうして、いろんな誘いに簡単に乗り、不倫をしていた。男と旅行に出かけることもあった。山奥の小さな村であれば、そんなことはあっという間に知れ渡ってしまう。

悦子はどちらかと言えば、田舎くさく、百姓の嫁といった風貌である。だからなのか、誰とでも付き合う尻軽女だった。

悦子はなぜ、長きに亙って、腹の底に仕返しの思いを抱え続けなければならなかったのだろうか？　勇一と離婚しようとは思わなかったのか？　何とか自分の人生をやり直す対策を講じようとは思わなかったのか？　なぜ、嫌な思いをしてまで、婚家に残りたかったのか？　勇一が離婚を認めなかったのか？　面子を保ちたかったのか？　世間体を気にしたのか？

勝子が「出て行け」といったあのとき、そのまま家に戻らなかったとしたら、悦子の人生はどう変化していたのだろう。勇一が迎えに来ても、子供がいても、戻らなかったとしたら。家も土地もある別の男性とさっさと再婚していたなら、その後の生活はどうなっていただろう。しかし、その再婚相手の家にも姑がいたとしたら、やはりその姑ともめて、勝子のときと同じように仕返しをすることを考えていただろう。悦子の人生は、どうしても同じコースを歩むように決められていたのかも知れない。いや、もしかしたら、仕返しのことなど考える間もなく、舅、姑との永久の別れがあったかも知れない。いろいろな仮定が考えられる。

では、勝子はどうだったろうか。勇一と悦子が離婚していたなら、最後は幸せに旅立つことができたかも知れない。悦子が出て行ったあとは、残った者たちだけで何とかやっていけたはずだ。勇一も勝子も正雄も、ささやかながらも、それなりに幸せだったかも知れない。もし、勇一が不慮の事故に遭わなければ、どうなっていただろうか。

勝子と悦子の出会いは、最初から大失敗だったということだ。勝子は、人の面倒を見るのは、もともと不向きだったのだ。勝子の悲しい最期の第一歩は、そこから始まっていたことになる。

昔は今と違って、顔を見ることもなく結婚が決まったりした。家の格や条件に近いとか、周囲の意見が尊重された。後でいろいろな不都合があったとしても、文句は言わず、「我慢」の二文字を背負って生きていかねばならないのだ。だから、悦子にしても、パートに出て他に楽しみを見つけられたら、勝子とのことも耐えられると思っていたのかも知れない。

しかし実際には、やりたいようにやるには、勇一が一番面倒で邪魔だったのだ。これが、勝子の夫・正雄が先に逝っていたら、計画はズタズタになっていたかも知れない。悦子にとっての邪魔者は、まず、勇一、そして正雄、勝子の順だったのだ。

娘の洋子は、当然のように母親に同情していた。だから二人で相談して、ひどい姑なのだから、何とかしようと計画していたのだろう。

忘れられない別れ

勝子、正雄、その十人の子供たち、正雄の継母と大所帯の家で、親より先に旅立ってしまった娘がいた。

次女の節子は、小学校三年生で両親と永久に別れることになった。高熱が出て、あれよあれよと言う間に心臓が止まってしまった。

正雄の母親も早くに亡くなっている。何かの嫌疑をかけられ、それを苦にしての入水自殺だった。当時正雄はまだ八歳で、母親の死後は、継母が家に入って正雄の世話をしてきた。

その正雄も、勝子が入院中に亡くなった。悦子のせいで、夫の葬儀にも勝子は出席させてもらえなかった。美代子が悦子にさんざん言って、やっと火葬場には連れて行ってもらえた。火葬直前の、最後の別れである。十分ほどの間、勝子は夫の棺をなでながら、その顔をじっと見つめていた。勝子の子供たちはその様子に、涙が止まらなかった。勝子は、もう病院に戻らなくてはならなくなると、集まった人々の顔を見、知っている顔を見つけるとその名前を言ったりしていた。そして、一番憎い顔は、じっとにらみつけていた。それは、悦子の親類であった。なぜ自分をあんな病院に入れるのだ、という思いが籠もっていた。

悦子はそのとき、隠れて様子を見ていた。なぜビクビクと隠れる必要があるのだろうか。この段階で、嫁と姑との間に決定的な何かが起こっていたのは確かだ。金のことだろうか？　勝子が貯めた金を悦子が見つけて、それを使い込んだのがばれたのかも知れない。とにかく、何か大きな事件がなければ、あれほどに卑劣なことをできるはずがない。悦子は鬼の面をかぶった嫁だ。

しかも悦子は、正雄の通夜を執り行わなかった。久美子が部屋でのんびりとくつろいでいるとき、別の部屋では、「すみません。通夜もしないひどい嫁で……」と謝っている悦子の身内の姿があった。悦子のあまりにもひどい仕打ちに、あちこちからの苦情が悦子の身内の耳に届いたのだ。通夜をしないということが、昔からのしきたりを重んじる小さな村で、どれほど非礼な振る舞いなのか、悦子は知ってか知らずか、それほど大事には思っていないようだった。

そのときには既に勇一は亡くなっていたので、悦子は勝子の次男・清次に、通夜はしなくてもいいかと相談することで、責任逃れをしている。あろうことか、清次も「やりたくなければしなくてもいい」と言ったのだ。

清次も悦子同様、実の父親なのに正雄のことを嫌っていた。未成年なのに酒を勧めたとか、病弱な自分をこき使ったとか、テキパキと動けないのを口うるさく小言を言ったとか、そんなことを根に持っていたのだ。

それにしても、いくら清次が「通夜をしなくてもいい」と言ったとはいえ、それを言い訳にして、自分は悪くないと言う悦子とはどんな嫁なのか。面倒を見てきた舅であれば、最後までしっかりと受け止めてやるべきではなかったか。その人格を疑われても仕方がない。

三男・弘三の死

勝子の子で、親より先に旅立った子が他にもいた。まだまだ生きていてほしかった三男の弘三である。弘三は独身のまま、六十歳まで九カ月を残して亡くなった。医者からは、「S状結腸癌であと三カ月の命」と告げられ、その言葉通り、告知からほぼ三カ月で逝った。

社交的で誰からも愛され、頼まれたことはすぐに引き受ける性格だった。弘三は、自分が死んだ後の生命保険や預貯金等を、身元引受人とした四女の美代子に託した。弘三の容態を、他の姉弟妹たちは美代子から知らされた。

弘三の通夜の前日、姉妹四人で弘三が暮らしていたアパートへ行ってみた。弘三は几帳面だったので、アパートはきちんと整理整頓されていた。美代子はそこで、弘三の生命保険証券を探した。しかし肝心の貯金通帳、印鑑、保険証券をいつも入れていたバッグがなくなっていた。身元引受人になっていながら、そんな大事なものを、どうして美代子本人がきちんと保管しておかなかったのか。他の三人の姉妹は、悔しさと恥ずかしさでいっぱいになっていた。

弘三には交際していた女性がいた。しかし、その女性は弘三の金が目当てで、死んでいく弘三のことはどうでも良いというような女だった。さらに、その女性は、弘三の勤め先と縁のある人で、そんなことから腐ったつながりが続いていたのだ。しかし、金の切れ目が縁の切れ目で、弘三が亡くなると、その女性の姿はぱったりと見えなくなった。

死の直前まで、弘三が勤めていたのは、同族経営の小さな会社だった。独身を通した弘三は、それなりの貯金をしていたが、身元引受人の美代子が、いつも弘三のそばにいられた訳ではないので、貯金通帳の印鑑を勤め先の事務員に預けていた。そのため、弘三の貯金は、勤め先の人たちに使い込まれてしまっていたのだ。

そう言えば、美代子が仕事をしている最中に、携帯電話に弘三の勤め先の社長から連絡が入っていた。美代子の連絡先など教えていないのに、どうして電話番号を知ったのか、美代子は気持ちが悪くなったと言う。電話の内容は、弘三はもう先がないので、保険のことを話し合いたいということだった。それを聞いてびっくりした美代子は、弘三の入院先に飛んで行った。弘三も驚き、パニックになっていたと言うが、裏で何が行われていたのか、想像に難くない。

勤め先の社長が、なぜ従業員の保険を？　もう先が長くないということが分かっているから、早めに他人の金でも何でも自分のものにしてしまおうということか？

弘三が交際していた女性は、スナックに勤めていたが、どうやら弘三は彼女にお金を貸していたらしい。七十万円の借用書が、アパートの鴨居に張ってあった。

他の兄弟姉妹が、美代子に「弁護士に頼んで、お金を返してもらいなさい」と言っても、美代子は「弁護士に頼むとなると、お金がかかるから」とか言って、結局、弘三の貯金は、そのまま返ってくることはなかった。あの世で、弘三も悔しい思いをしているだろう。

弘三は、言うことを聞かないボロボロの自分の体に、歯がゆい思いをしていたに違いない。動けない自分なのに、身元引受人の美代子はどうしているのだろう、と思ったことだろう。しかし、その頃、美代子の夫も入院中で大変だったのだ。

なぜ弘三は、いろいろなことを次男の清次に託さなかったのだろうか。それは、美代子が勝子を引き取ったからである。親より先に逝く不孝の詫びに、勝子にお金が渡るようにしたかったのだ。弘三は、自分が死の床に就いているため、勝子を見舞うことができないことを最後まで悲しんでいた。だからこそ、美代子に託せば、妹はそのお金を母のために使ってくれるはずだと考えたのだ。しかし、果たして美代子は、弘三の願い通りにしただろうか。美代子の夫は、弘三の死の一カ月ほど前に退院していたから。

弘三の近くには、勝子を引き取った美代子しか肉親がおらず、生活のことなど詳しくは分かっていない。しかし、弘三が無念に思うことが、おそらくもうひとつあったはずだ。

それは、美代子夫婦とその娘が弘三を見舞ったときのことだった。弘三は姪に向かって、「自分が書いたものを本にして出版してほしい」と言ったのだ。なぜなら、「病院側が自分をモルモットにして、体中にいろいろな機械を付け、このボタンを押すと尿意を催すとか、このボタンで食欲が出るとか、自分はもうすぐ死ぬからといって、いろんなことを好き勝手にして、自分を馬鹿にしているからだ。そのことを本にして告発すれば、病院の管理職の人間は皆、くびになるはずだ。だから本にして、この有名な病院が陰で汚いことをしているのを伝えたいんだ」と言う。姪にしてみれば、そんなことを言われても困ってしまい、絶句するだけだったろう。果たして真相はどうだったのか。

弘三は、体調が比較的良いときに、最後だからと、一時退院の許可を得て、アパートに帰っている。そのことを、美代子は知らなかった。同じアパートの人が弘三を見かけていた。その人が、食事のことなどいろいろ心配して、弘三の世話をしてくれたらしい。

姉妹で、弘三のアパートを訪れたとき、部屋には布団が敷いてあった。交際していた女性と最後の夜を過ごしたことが、その布団から見て取れた。綺麗な女性には目に見えない棘がある。そのことに弘三は最後には気付いたはずだが、もう遅かったのだ。今はあの世で、嘆いているだろう。

それにしても、兄弟姉妹がもっと連絡を取り合っていれば、弘三の悲しい結末も少しは変えられたのかも知れない。弘三のことを皆愛していたから悔やまれ、悲しみも深くなるが、もう遅いのだ。

弘三の遺骨は、生家の墓に入った。一部は分骨して、同じ新興宗教を信じていた次男の清次が自身のために建てた墓に、清次よりも先に入ることになった。生家の墓は、卒塔婆を立てただけのものだった。

長女・久子の死

勝子が老人ホームに入所しているとき、長女の久子も、親を残して旅立った。看護師をしていた久子だったのに、自分の健康管理もできなかったのかと、久子の夫は嘆いていた。その久子の夫も、勝子が老人ホームにいる間に亡くなっている。

勝子を引き取った美代子も、そのときは病気と闘っていた。それも癌であり、美代子自身告知されて、病名を知っていた。そんな美代子の闘病中に、美代子の夫の甥が結婚することになった。美代子は、闘病中であることも、間近に控えた手術日も伏せて、披露宴に出席した。

美代子は勝子と悦子のいがみ合いがピークに達していた頃、五〇ｃｃのバイクに乗っていて事故に遭い、骨折している。勝子が入院させられる三年くらい前のことだ。

当時は、一時にいろんなことが起こっている。

久子の闘病中、妹たちは母親に会わせようと、久子を入院中の母親の元へ連れて行った。久子の病気は進行するもので、悪くなっていく一方であったが、杖を突き、体を斜めにしながら歩いて母を見舞った。勝子は久子を見て涙ぐんでいた。帰り際、久子が手を振ると、それが最後の別れの合図であるかのように、ふたりの目は涙で潤んでいた。この後しばらくして、久子は老人ホームに入所している。

久子とその夫は、不倫の末、ひとつの家庭を壊して結婚している。子供は娘ふたりを授かった。久子の夫は、外国船のコックをしていて、久子が派遣看護師としてブラジルへ向かう時にふたりは知り合ったのだ。久子は仕事を取るか、男を取るか悩んだ末、男を選び、国家資格の仕事を捨てた。夫は後に脱サラして、小さな会社を経営するようになっている。

久子が老人ホームに入っている間に、上の娘が一児をもうけたが、その子を残して、この世を去ってしまった。突然の肉親の死に、残された妹の方も、何が何だか分からず、「なぜ？　なぜ？」と繰り返していた。妹の方は子供がなく、夫と飲食店をやっていた。

久子は、娘たちが幼い頃、ふたりを比べすぎたようだ。そのため、姉の方は傷つきやすく、物事を悪く取りがちな子に育った。妹の方は、久子にほめられて育った。姉は、妹のように母親に好かれたいとずっと思っていたはずだ。そして、残されるたったひとりの子の将来を案じながら、逝ってしまったのだ。残された子はその後、登校拒否となっている。これからこの久子の孫はどう生きていくのだろうか。父親以外、肉親は誰もいないのだ。他には、叔父叔母である勝子の子供たちとのつながりだけである。空の上からでは、この子の母親も祖母の久子も何の助言もできないというのに。

これは、久子がひとつの家庭を壊してまで、自分の幸せを望んだことへの罰だったのだろうか。

久子が亡くなったことは、美代子が勝子にやんわりと伝えた。勝子はそれを理解したのか、しなかったのかはっきりとはしない。

死後の世界では、亡くなった者同士が会えるとか。そうであれば、思い悩むこともないのではないか？　人間は誰であれ、いずれはこの世と別れなくてはならないのだ。それが遅いか早いかの違いだけである。そして、その死に方も人それぞれである。

勝子を見舞わない子

勝子がまだ少しは元気に老人ホームで暮らしていた頃でも、一度も勝子に会いに来ない子供がいた。来ない理由にはいろいろある。認知症だから、もう話もできないとか、話すこともないし、だから行っても無駄だと、行きもしないで勝手に決め付けている。

見舞いに行くかどうかは、気持ちの問題で、親を見舞いたいという思いがあるかどうかである。

嫁の悦子も、悦子の親類も来なかった。いくら遠くても、悦子は来てくれても良かったのではないか。それに、嫁姑の確執は、いつの時代も同様だっただろうし、いがみ合いながらも、互いに学んだことはあったはずだ。何年もの間、姑を恨む必要があったのだろうか。悦子は、何だかんだと言い訳をして、問題の本質から逃げるばかりなのだ。

勝子はただ、住み慣れた家に戻りたいという思いばかりだった。いろんな人が勝子を見舞ってくれても、この人は自分を迎えに来てくれたのではないと思うと、涙がこぼれる。毎日がその繰り返しで、来る日も来る日も、勝子はずっと迎えを待ち続けていた。

そんな勝子であったが、末娘の久美子には、「もうわしはここで死ぬんだ」と言って、手を合わせ目にうっすらと涙を浮かべた。自分の死期をだんだんと悟っていったようだ。「あんな嫁には負けん」と息巻いていた勝子だったのに。久美子と目が合うとニコッと笑うが、すぐに手を振って、もう帰れと言わんばかりにバイバイの仕草をする。かつては、「ここに泊まっていけ。ご飯も出るし風呂もある」と元気に話していた時期もあったのだが、徐々にその元気さは遠のき、昔の勝子の姿はもうなくなっていた。

白寿の祝い

勝子は思いのほか長生きしており、この分では百歳まで頑張って生きてくれそうだから、長寿のお祝いをしてあげようということになった。娘たちがそれぞれお金を出し合い、それぞれが意見を持ち寄りながら祝うことにした。勝子を引き取った美代子が真っ先に、何か記念品でも考えているかと思いきや、何も考えていないし、何の準備もしていないと知った三女の和子はがっかりした。勝子を引き取っておきながら、美代子にはお祝いをしようという気持ちが少ないので、和子が中心になって準備をしたいというので、和子に任せることになった。姉妹皆が認める通り、和子はしっかりとしており、任せても安心できる。末娘の久美子は、一番下なのだから出しゃばってはいけないと思い、控え目にしていた。

美代子にはがっかりさせられることばかりだった。何をするにもお金がかかることは承知で、母親のお祝いをすることにしたはずなのに、美代子はお祝いをすることの意味を理解できていないようだった。

和子の息子たちも快く協力してくれて、祝いの記念品を揃えたり、ケーキを買ったりしてくれた。久美子は、遠方からわざわざ足を運んでくれた人たちへ、心ばかりの祝い菓子を配ったり、蘭の花を祝いの席に飾ったりした。そして、勝子の白寿の祝いに集まってくれた全員で写真を撮り、記念にと思い、その写真を切手にして出席者全員に後日送った。

祝いの当日、勝子は何のことやらとキョトンとしていた。付き添いの看護師さんが迎えに来ると、それまで緊張していた顔が一気にほころんだ。祝いの席に集まった人たちには見せたことのない笑顔だった。看護師さんがお祝いのことを説明すると、ようやく分かったという感じで、勝子に注目している皆にペコンと頭を下げた。分かってくれたのだと、皆が安堵した。

和子は祝いの席を無事に取り仕切り、大きな責任を果たしてホッとしていたが、何かしらすっきりしないモヤモヤしたものが心の中にはあった。張り切って勝子の白寿のお祝いをしようと言った美代子だったが、そのわりに、自分では何の用意もしていない。ちょっとしたケーキを持ってきただけだったからだ。和子自身は、出席者全員に土産物を配ったし、集合写真を引き伸ばして各自に送れるよう、注文を取ったりもした。ケーキも、わざわざこの席のために準備した。

久美子も、勝子を引き取った美代子なのだから、どんなにすごいお祝い品を用意しているのだろうと楽しみにしていたから、がっかりしてしまった。

いろいろな準備をし、祝いの品を用意するのは、親を思う心である。なぜ、美代子は、そういう普通のことができないのだろうかと、文句を言いたくなるが、美代子自身はケロッとしている。お金がないから何も用意できないのなら、最初からそう言えばよいのに、真っ先に、何かしてあげようと大口をたたくからだ。祝いの宴を催すと言えば、老人ホームの方で何かしてくれるとでも思っていたのだろうか。

美代子は、当日には次男の清次を呼んで、祝いの席を仕切ってもらおうと考えていたようだが、清次は、何かの用事にかこつけて出席しなかった。一度も母親を見舞おうとしない清次が来るはずもないのだ。美代子は祝いの宴の後に、姉妹で食事をしようと店を予約していた。しかし、その店の料金もそれぞれから徴収しようとするので、和子たちは辞退した。普通に考えれば、美代子がご馳走してくれてもよいと思うのだが。
ともあれ、勝子の白寿の祝いは無事に終わった。

祝いの後

「まだまだ長生きして、日本一の長寿を目指せ！　百五十歳まで頑張れ！」と心の中で勝子にエールを送りながら、久美子はその後も勝子の様子を見に行った。ひとりで会いに行くこともあったし、家族と一緒に行くこともあった。しかし、高齢の勝子は、見舞うたびに確実に衰えていっていた。栄養が体のいろんなところに上手く回らなくなってきていた。百歳まであと少しなのだから、このまま頑張ってくれと、誰もが同じ思いだった。栄養剤を強制的に鼻から流し込むようなことはまだしていなかったが、皮膚は日増しに干からびていき、目の周りなどを拭くと、皮膚がはがれ落ちてきた。痛々しい。

それでも、勝子の生命力は、相当に強い。これまでも、何度も肺炎を起こしているのに、生き延びている。勝子の中に、まだ死ぬことはできないという、何か強い思いがあるのかも知れない。

美代子が勝子を引き取った当初、近くに住んでいた久美子は、勝子を見舞いに美代子の家に行っていた。しかし、美代子も仕事をしているので、そうそうゆっくりもできないし、久美子の家族も勝子を見舞いたいと言うと、大勢で美代子の家には行きづらい。それに、美代子の家では猫を飼っており、家中が猫臭いし、壁も猫に引っかかれてボロボロである。まるで猫屋敷のようだった。

そういったいろんなことがあって、勝子を見舞うと、早々に美代子の家を辞して、近くの観光地を巡るようになった。そのうちに、美代子に連絡をすることもなく、勝手に勝子を見舞い、そのまま観光して、帰宅するようになった。勝子を見舞ったことを美代子に連絡すると、何やかやと帰宅が遅くなるからだ。勝手に見舞って、勝手に帰宅するので、美代子はあまりいい気がしなかっただろう。だが、お互いに忙しいのだからと、久美子の勝子見舞いは、自分のペースでずっと進めていた。

兄弟姉妹とはいえ、互いに大人になると好き嫌いが多少なりとも出てくる。性が合うとか合わないとか、そんなことなのだが、兄弟姉妹の人数が多いと、それぞれの性格も千差万別で、好き嫌いも激しくなる。それでも、お互いが親から独立して、家庭を持ったりすると、いろいろなことを、その場その場で対応できるようになってくる。

親をいつまでも頼る者もいれば、親に金銭面での相談をしたことのない者もいる。末っ子の久美子は、親にも姉兄にも、お金の援助を頼んだことは一度もない。家を建てるときも、誰の援助も受けずに、夫婦ふたりの力で何とかした。子供を保育園に預け、頭金を貯めるのに必死で働いた。そうして、小さいながらも我が家を持てたことが嬉しく、また誇らしくもあって、両親を新居に招待して、親孝行の真似らしいこともできた。親とは年齢が最も離れている分、いろんなことをなるべく早めにしてあげたいという気持ちがあった。

久美子が小・中学生の頃は、勝子にいろいろと迷惑をかけた。

あの田舎の村で貸し本業を営んでいる店があって、そこの本を借りたまま忘れてしまい、返しそびれてそのままになってしまったことが何回かあった。その店の人に、勝子も何度か催促されたはずだと思うと、ずっと心が晴れなかった。二十歳になって、初めて賞与をもらったとき、迷惑をかけたお詫びに十五万円を勝子に渡した。田舎のことゆえ、いろいろな義理もあるだろうから、そのお金で、貸し本屋とのことを何とかしてほしいという気持ちだった。そうして、やっと心のわだかまりがなくなった気がした。本当に、苦く嫌な、そして恥ずかしい思い出である。勝子も、よく決心したなと喜んでくれたが、実は、久美子の気持ちよりもお金が入ってきたことを喜んでいるようでもあった。だが、それはそれで良いと久美子は思っていた。

働きながら高校を卒業して、自分で選んだ会社に入って、初めて手にした賞与だったが、もったいないという思いよりも、自分なりの、過去の苦い思いとの決別できたことのほうが重要だった。

どんどん衰える勝子

白寿の祝いの後、思っていた通り、勝子の体はぐっと弱くなった。

熱が出たので、入院したと連絡が入る。せめて満百歳までは頑張って、と心の中で手を合わせて祈る久美子だった。

まだ、完全に寝たきりになっていないときは、介護の方によれば、勝子は、今日は機嫌がいいとか、今日はひと言もしゃべらない、今日は車椅子に座って、他の入所者たちと食事をしているといった様子だった。車椅子に乗ってホーム内を動いているときは、笑顔を見せて挨拶したり、名前を呼ばれると「ハイ、コンニチハ！」と返事を返す元気もあった。勝子なりの楽しいひと時だったろう。

しかし、百歳の誕生日まであと半年ほどになると、口から食事を取れなくなってしまっているから、胃に直接水分や栄養を流し込むように手術をしないかと医師から言われた。美代子からその相談を受けた子供たちは、いろいろと検討し、もう年齢も年齢なのだから、今さら手術などして体力をなくさせるようなことをしないで、このまま、なすがままにしようということにした。手術の代わりに、鼻からチューブを通して栄養を取ることになった。

チューブが気になって手ではずそうとするので、勝子の右手には手袋がはめられており、食事のとき以外、チューブをはずさないようにしてあった。勝子の左手は麻痺していてもう動かない。入れ歯もはずしてあるので、口をパクパクしても、何が言いたいのか、何が食べたいのか、さっぱり分からなかった。

それからは、食事は一日おきくらいになり、食事をしていないときは眠っていることが多くなった。ウトウトとしている時間も増えた。娘が見舞いに行っても、誰なのか分からないらしく、怒ったような表情を見せることもあった。

見舞いに行ったのが、もし、悦子の息子、孫の誠だったらどんなにか喜んだであろう。迎えに来てくれたと、泣いて喜んだかも知れない。誠はおばあちゃん子だったから、悦子とは違って、勝子のことを嫌ってはいなかったかも知れない。しかし、悦子にしてみれば、息子も自分と同じように勝子のことを嫌ってくれなくてはならない。息子が、仲の悪い姑のことを思ってはいけないのだ。だから、老人ホームの近くに来ることがあっても、息子を姑に会わせようとはしなかった。それほどまでに執念深い悦子であった。

勝子は、自分の体が、もうどうしようもないほど弱っているのが分かっているのか、何もかも全て、されるままである。老人ホームでは介護用のオムツを着けていたが、病院ではできるだけ自分から尿意を伝えさせる方法を取っている。同じ病室の人は眠ってばかりいる。そんな中で勝子だけが目を開けていた。見舞ったときに目が合って、ニコッと笑顔が返ってくるとホッとした。

勝子はずっと、誰かが迎えに来てくれることを待っていたはずだが、この頃は、誰かを待っているような目つきをしないことも多くなった。迎えに来るというのがただの口約束だったのだと、勝子なりに諦めていたのかも知れない。

勝子は何を考えていたのだろう。自分の母のこと？　父のこと？　あるいは兄弟姉妹？　夫？　子供？　嫁？　消えゆく命とどのように対話していたのだろう。

勝子はもうウトウトしている時間ばかりになっていた。老衰したのだ。酸素吸入もしていた。鼻から通していたチューブははずされていたが、それはもう死期が近づいているので、点滴をしながら様子を見るしかないということだったのだ。

六女・久美子

明治時代に生まれた勝子の、百歳の誕生日がやってきた。

久美子とその夫はその日、急いで勝子のいる病院へ向かった。誕生日のお祝いにお花を持って行こうと考えたが、面倒を見ている美代子はあまり病院に来ないので、花の世話をすることができないということで、花を贈るのは止めた。

病院に着くと、勝子は熱が出て大変だったらしい。そんなこと、美代子は何も言わなかったが、医者からは今のうちに会わせたい人は呼ぶようにと言われた。美代子のところには、病院から何度も連絡が入っていた。しかし、その都度、勝子は持ち直していたのだ。

勝子の命の火は、このとき既に消えようとしていた。じわじわと、そして確実に。

久美子の一家は、以前いた田舎から引っ越していたので、勝子の病院はずっと近くなっていた。だから、大雪でも降らない限り、すぐに会いに行くことができた。久美子が勝子を見舞うのは、大抵午前中だった。見舞っても、話ができる訳でもなく、ただ、勝子の顔を見て、安心して帰るだけだ。久美子の夫もこまめに見舞ってくれた。見舞いを終えて帰るとき、「また今度ね」と手を振ると、一緒にいた夫は「今度はないと思え」と言った。

久美子の夫は、自分勝手なところが目立ち、粗野なところとナイーブなところが入り交じっている人間だった。それでも年月を重ねていくうちに、お互いのことを思いやることができるようになった。夫は女遊びもしたが、久美子は、夫婦という感覚をどこかに置き忘れてきたかのように、友人感覚で夫に接したのだ。「彼女、どうだった?」とわざと聞いたりして、この人は、戸籍上は確かに夫だが、今は友達だと思おうと自分に言い聞かせた。顔色を変えることなく冷たい感じで日々を送り、本当の自分を隠したままにした。

久美子の夫の兄妹は、どちらも離婚している。そのため、義兄が離婚したとき姑から、「絶対お前たちは別れてくれるな」と言われた。だから、夫に女の影をずっと感じていながら、男は外で遊ぶものだと割り切って考え、素知らぬ顔でしたたかに演じ続けてきた。

久美子は、人とは少し違った考え方をする。どんなときも、何でも乗り越えようと前向きでいる。久美子は、三男の弘三が結腸癌で他界した一年後、胃癌の手術を受けたが、前向きの気持ちは変わらなかった。

久美子は、あんなことやこんなこと、たくさんのことを母・勝子に話したかった。それなのに今は、話すことすらできない状態で、勝子はベッドに横たわっている。後悔ばかりが残った。

勝子がもっと若いときに、たくさんの話を聞いておくのだった。勝子の父親のこと、母親のこと、祖父母のこと、先祖のことなど、勝子のルーツが分かるようなことを、たくさん話してもらうべきだった。勝子の歴史のページを、一ページずつ開いていくのは、きっと面白かったに違いない。人から人へと伝わることは、どこかで脚色され、誇張して伝わるものだ。そういう話ではなく、最も身近で、実際に見聞きしてきた勝子の口から聞くのが一番だったのに。もうそれすらできない。

勝子のルーツを遡り、縁のある人たちに会ってみたい。目を丸くするような話が聞けたかも知れないのに……、久美子は残念でならなかった。

勝子には酸素吸入器とつながったノズルが鼻に入れられている。百年の勝子の人生は、その終わりがだんだん近づいてきている。

「もういいよ、十分生きたね」

勝子に言い聞かせるような、娘たちの心からの思いである。そうは思いながらも、もう少し頑張れるのではないかとも思ったりする。

命の火が消える前に、田舎の実家に連れて帰って、田んぼや畑を見せてあげてから……と久美子は思っていたのに。

久美子の娘は、このとき結婚の準備中だったが、ここで勝子に死なれると、また結婚が遠のいてしまうという思いがあった。祖母なので仕方がないとは思うが、やはり気持ちは沈んでしまう。というのも、婚約者の父親が急死したため、一年間喪に服し、結婚式を延ばしていたのだ。だから、勝子にはもう少し、あと少し、せめて入籍してからにしてほしい、どうせなら、百五十くらいまで生きてほしいとか、勝手な思いを抱いていた。

しかし、その時は確実に近づいていた。

勝子の死、そして四十九日

美代子に危篤の知らせが入った。美代子の夫の言葉によれば、もう危ないというような連絡は全部で三回あったらしい。

美代子は、朝早くから急いで病院に駆け込んだ。しかし、病院の一番近くに住む久美子のところには、危篤の連絡が入らなかった。勝子の死亡時刻は午後三時。このとき、久美子にも連絡が入れば、死に目には十分間に合っていた。とても悔やまれた。

勝子が亡くなったちょうどその頃、知り合いと電話で話をしていたが、そのとき妙な感覚を味わった。寒くないのに寒気がしたのだ。何か不思議なものを感じた。

その日の午後三時。勝子の百年に及ぶ生はついに幕を下ろした。

長男にも夫にも先立たれ、「迎えに来てくれ」との孫への願いも空しいまま、勝子は天国へと旅立ったのだ。

美代子からの電話で、勝子が三時に亡くなったと聞いて、久美子は「えっ！」と驚いた。三時だったのなら、十分、勝子の元へ行くことができたのに。では、あの寒気は勝子の死を知らせるものだったのだ。なぜ、もっと早く連絡をしてくれなかったのか。臨終に立ち会えなかったという悲しみが、美代子への怒りに変わっていった。危篤の知らせが入ったとき、美代子はいったん家に戻ったと聞いて、さらに怒りは増した。なぜ？　そんな大事なときに、どうして家に帰ったりするのか？　なぜ、勝子に話しかけてやらなかったのか？　手を握ったり、励ましたりとか、いろいろとできることがあったはずなのに。なぜ？　なぜ？　気が動転していたのか？

勝子がたったひとりで、誰にも看取られずに亡くなるなんて、あまりにも不憫である。しかし、こうしてただひとりで旅立つのが、勝子の運命だったのかも知れないとも、久美子は思ったりした。

もしこれが、美代子ではなく悦子だったら、どうだったのだろう。勝子を嫌った悦子であれば、自分がそばについていない代わりに、誰かに最期を看取ってくれと頼んでいたかもしれない。

それにしても、勝子の最後が悔やまれて仕方ない久美子であった。美代子の行動はおかしい。母親のそばにいてあげるのが、何よりの親孝行ではないのか？美代子の行ったことは、親不孝と言われても仕方がない。

勝子の遺体は、葬儀屋に委ねられることになった。

久美子は、湯灌の前に、控え室に寝かされている勝子を見た。尿が出ないので、足がむくんでいると聞いていた。布団をめくって、百年生きた勝子を見た。昔の面影もない、やせこけた体を見て、「よく頑張ったね。生きているうちに家に連れ帰ってあげたかったのに、残念だったね。でも、孫の誠が受け入れてくれるから安心して」と手を合わせた。

久美子は、湯灌の様子を最後まで見ることができた。

石けんで綺麗に洗ってもらっているのを見ていると、「もういいよ。そんなにしなくても」と、あのきつい勝子が湯灌師の手をはねのけて言いそうな気がした。湯灌師は、穏やかな笑みを浮かべて作業している。そのように教育されているのかどうか分からないが、死者の尊厳を守っていることを十分に感じさせた。写真撮影の許可を得て、勝子の湯灌の様子をカメラに収めることができた。

久美子は、心にぽっかりと穴が空いたようだった。勝子もいつかは死ぬと、自分は分かっているつもりだったのに、体中の力が抜けていた。

勝子は夫の墓に入ることになる。夫も長男も先立っているので、孫の誠が喪主となって葬儀を取り仕切ることになった。遺体をそのまま家に連れて帰るのが一番いいのだが、お金がかかるので、こちらで火葬にしてから、遺骨を小さな骨壺に入れて連れ帰ることになった。これで良かったのか、悪かったのか、勝子が元気な頃にもっといろいろ話し合っておけば良かった。勝子の希望を叶えられることもあったかも知れない。

美代子も初めて葬儀に関わることになるので、オロオロとしていた。美代子が勝子を引き取ったのだから、本当なら、いろいろと段取りしておかなくてはいけないのだが、勝子を知る人もいない土地なので、通夜を行うといっても、勝子の死を知らせる人もいない。そういうことで、通夜は行わず、そのまま、告別式へと進められた。

告別式の日は、ちょうど母の日だった。三女・和子の計らいで、告別式の前日にカーネーションを久美子の娘に買ってきてもらい、棺の中をカーネーションでいっぱいにして、「百歳、バンザイ」と手を合わせた。それは、最後の親孝行だったが、最高の孝行にもなった。

勝子は密葬、告別式が終わって、荼毘に付され、美代子夫婦と共に、田舎の自分の家に向かった。美代子は、勝子の遺骨を無事に家に帰したことで、勝子から解放されてホッとしていることだろう。

勝子の夫の正雄は、生前、忙しいときに子供が生まれるとひどく文句を言ったが、勝子の命日は、農家が忙しい時期であった。

四十九日の納骨までに、墓石に戒名や没年などを刻まなくてはならない。それで、勝子の遺骨はそのまましばらく仏壇に置かれることになった。勝子の家から最も近いところに住んでいる三女の和子とその娘が、四十九日の法要まで、ときどき様子を見に行っていた。案の定、供え物は何もなく、花すら飾られていなかった。悦子は毎日何をしているのだろうか。面倒くさいと思っているのだろうか。

勝子の死後

勝子が入院させられていた頃、勝子の洗濯物は、近くに住んでいる勝子の妹の家に届けられていた。悦子が娘の洋子に頼んでさせていたのだ。何という図太い神経だろう。それほど姑が嫌いなら、悦子が出て行ってくれれば良かったのだ。洋子にしても、自分の母親が姑にいじめられているのを見ているから、何かやり返さなくては気がすまないのだ。ふたりの心は分かっている。結局は、家と土地、山に田畑を手放したくなかったのだ。

悦子は、どんなに自分が「のろい」とか、「遊んでばかりで役に立たない」とかひどい言われ方をしても、自分の味方がいれば、目障りな人たちのことは視界に入らない人間だ。

洋子や誠が大きくなると、悦子は何か商売をしようとか、農業以外のことを始めようと思っていたようだが、それを勝子に相談したとしても、勝子は反対するに決まっている。だから、悦子と洋子にとって、勝子は邪魔だったのだろう。そこで、勝子に大量の睡眠薬を飲ませる計画を立てたのかも知れない。勝子はボケているから、たくさんの睡眠薬を間違って自分で飲んだことにすれば、悪事はばれないと思っていたはずだ。

その頃、悦子の夫、勇一はもう亡くなっており、舅の正雄は老人ホームに入っていたから、計画的に進めていたはずだ。

正雄の告別式の日、勝子の娘たちは、母親が使っていた箪笥やもろもろの物が綺麗になくなっていることに気付いた。悦子に尋ねても、適当に聞き流すばかりだった。新しい商売の邪魔になるものは、それが人であれ物であれ、排除する悦子と洋子だった。

勝子の部屋はすっかり物がなくなっているのに比べ、悦子の部屋は散らかり放題だった。片付けられない人間なのだ。小さい子供がいる訳でもないし、男との時間はせっせと作るのだから、暇がないという訳でもないのに、なぜ自分の部屋はごみだらけなのだろう。

もともと、嫁に来たときから綺麗好きという訳ではなかった。洗濯物を洗い終わった後は、洗い場の周りを拭いたり掃いたりするものだが、悦子は散らかしたままである。気が利かないというのが当たっているかも知れない。庭の草むしりもできなかった。勇一の葬式のときは、あまりにも草が生い茂っているので、近所の人がたまりかねて草むしりをしてくれたそうである。

ほんの少しの時間でいいのにと思うのだが、五分あればこれだけのことができるとか、何かに対して挑戦するという気持ちもないので、情けない限りである。

勝子が入院しているとき、久美子は風の便りで、悦子が旅館をやるとか、民宿をやるとか聞いた。他にもラブホテルのような商売をすると言うような話も聞こえてきた。いずれにしても、農業とはかけ離れた仕事である。もともと悦子は農業を嫌っていた。思いつきの商売が上手くいくわけなどないのに、いったい誰が言い出したのか。これまで、営々と守り築いてきた正雄や勝子、勇一の苦労を無にするつもりなのか。

悦子の息子の誠は、父親の勇一が急死した頃は、父に親不孝ばかりしていた。自分でできると自惚れて会社を興したが失敗して、勘当されている。それなのに誠の借金を少しでも減らそうと、勇一は山の木を売ってやったのだ。そして、「誠は残った借金を返すために、夜の仕事の方が金になるのでスナックで働いている」と、泣きながら弟の弘三に語ったらしい。

農家は優良米をたくさん出荷すると表彰される。勇一がどんなに頑張って米を作っても、表彰状の名前は、父親の正雄名になっていた。正雄にとっては農業が第一ではなく副業だったのだから、本来なら、勇一の名前で表彰されるべきだったのだ。

誠は、「農業一筋だったそんな父親のために、せめて田んぼの名義を変更してやれば親孝行になったのに、それもしてやらなかった」と葬儀のとき大泣きしていた。どんなに悔やんでも父親は生き返ってはこない。悲しいが、手を合わせることしかできないのだ。

勇一の葬儀は、誠が喪主として、悲しみをこらえながら取り仕切った。

当時は、田舎ではまだ土葬の風習が残っていた。穴掘りは業者が行った。掘られた深い穴に、ひとり淋しく入ることになってしまった勇一のことを、その嫁は、その娘は、息子は、どんな思いで見ていたのだろうか。

娘の洋子は、勇一が急死する前は生命保険の外交員をしていた。しかし、勇一が亡くなるとすぐに辞めていた。父親の死についても、本当は悲しんでいなかったかも知れない。自分の離婚に反対していた父親が亡くなったことで、やっと身軽になれると思ったのではないだろうか。すがすがしい表情をしているようにも見えた。

洋子は三人の子供を連れて離婚したので、その子たちを育て上げる責任があるが、一番下の子の育て方を見ると、恥ずかしい限りである。すぐに目の届かないところに行くからとか、自分の思い通りにいかないからと言って、一風変わった子育てをしていた。子供の姿が見えないといっても、まだそんなに遠くへいける年齢でもないのに、捜そうとはしないで、その子が出て行けないように箱の中に閉じ込めるようなことをしていた。今の言葉で言えば、児童虐待である。自分の子供を虐待するとは、何かのストレス発散なのだろうか。子育てが煩わしかったのかも知れない。

人は外見だけでは分からないものだが、その人の内面が、何かのきっかけで分かったりすると、ショックを受けそうになる。ひとりひとりの顔が違うように、やはり同じ人間はひとりとしていない。

勝子の四十九日の法要は、孫の誠が世話をした。勝子の子供たちは、自分たちがそれぞれ年を取ったことを忘れるくらいに、親類縁者との久々の再会に涙した。勝子が百歳まで生きたので、その弟妹で存命のものはひとりだけになっていた。あの顔もこの顔も、それぞれが若いときに、この家で談笑し、酒を酌み交わし、共に酔った人たちだ。

勝子の夫の正雄は酒が好きで、ひとりで飲むのはつまらないからと、縁側から七十メートルほど離れたところにある道路を誰かが通ると、その人が酒を飲めそうであれば「おーい」と呼んで、全く見知らぬ人とも一緒に酒を飲み、楽しむような人だった。もちろん、声をかけられた人は無理やり呼び込まれるのだが。勝子も正雄のそんな性格をよく分かってはいたが、時にはうんざりとしてしまい、「ひとりで飲みなさい」と夫にきつく言うこともあった。そういうとき、正雄は子供たちに、肘をもめとか言って、マッサージが始まるのであった。肩が痛いと言えば、手ではなく足で三十回とか五十回とか踏んだ。その都度、子供たちは一円をお駄賃にもらった。正雄は脇が弱点で、寝ているときにこっそりとくすぐると、その反応が面白くて何回もくすぐった。久美子などはそれを何回もやって、そのうちに本当に叱られてしまい、肘や肩を揉んでもお駄賃を保留にされてしまったりした。

正雄はとても几帳面な性格で、毎朝神様に手を合わせることから一日を始める。そのあとは、前夜に酒を飲み過ぎてしまったときは、前日の出来事や仕事のことなどを帳面に記したりする。

夜中、戸の隙間から明かりが漏れているのに気付いて、久美子がそっと戸を開けてみると、正雄が新聞を読んでいたりする。朝早くから仕事に出かけるので、新聞を読む暇もなかったのか、ガサガサと音を立てながら、急いで新聞をめくっていた。

久美子の思い

父・正雄も、母・勝子も手の届かない遠くへ行ってしまった。特に勝子が亡くなってからは、久美子は気が抜けたようになってしまった。何もしたくないのだが、気持ちを奮い立たせるようにして部屋の片付けや洗濯、買い物などをした。そうしているうちに、少しずつ現実の世界に戻ってきた。久美子も年を取ると、勝子や正雄、長兄・勇一の墓参りも簡単には行けなくなったが、写真を飾って毎日話しかけている。もっとたくさん話をしたかったと。

勇一は、米を作る傍らメロンも栽培していた。豊富な水量を利用してのメロン作りだった。出荷できないようなメロンは家族で食べた。遠方から車を飛ばして実家に行くと、朝から晩までメロンを食べ放題だった。そんな幸せな日々があったことを、勇一の供養になるからと、久美子は家族と共に思い出にふける。「淋しいな、もっとメロンを作っていてほしかった。ずっと、ずっと」と。誰がこんな幸せを壊したのだろう。勇一は天国でもメロンのことを気にしているかも知れない。

天国では、父・正雄、母・勝子、長男・勇一、長女・久子、三男・弘三、それに他の人も加わって、仲良く酒盛りをしているに違いないと、久美子は思う。

「仏様になって、あの世から私たちを見守っていてください」

守ってあげることもできなかったのに、そんな頼み事をするのかと言われそうだが、それでも久美子は勝手な願いをする。

嫁にひどい仕打ちを受けても、「自分の人生だ」と開き直った勝子の人生は、結局は長生きしたことで嫁に勝ったのかも知れない。そう思いたい。悦子も、姑がこんなに長生きするとは思いもせず、計画倒れだったかも知れない。

嫁として姑を最後まで看取ることは、悦子にはどうしてもできなかっただろう。

だが、自分の息子に四十九日の納骨の手配を委ねることで、姑の最後を締めくくったような格好になり、それで良かったのだと久美子は思っている。

「ここはご飯も出るし、風呂にも入れるし、寝るところもある。だから泊まっていけ」と勝子が久美子に言ったのは、まだ十分に話すことができる頃だった。結局、勝子にとって、家を離れた十三年間の老人ホーム生活は、結構良いものだったはずだ。

一方、悦子は「完全に寝たきりになったら看てやる」と言っていたが、もしそうしていたら果たしてどうなっていただろう。姑のいない十三年間は、悦子にとっても気楽な日々だったはずだ。

悦子に対する勝子の物言いは、悦子にとっては苦痛以外の何物でもなかっただろう。もっと柔らかく言えないのかと、勝子の子供たちも思っていたことだろう。

そう考えると、悦子もそれなりによく頑張ったと言える。たくさんの田畑を持つ農家とはいえ、自分の思い通りに動いてくれない嫁を怒ったところでどうなるものでもなかったのだ。嫁に来たときは、何も分からなくて当然。見合い結婚で、何でも分かっていたら、それこそ怖い。今の時代なら、三日で「帰ります」発言になるところだ。そう思うと、悦子もよく耐えたと言える。きつい姑の勝子と共に暮らしてきて、悦子は強くなりすぎたのかも知れない。少なくとも精神面では、勝子よりずっと強くなっていた。

勝子は、本当はそれほど強い人ではなかった。強がっていただけなのだと、久美子は考えている。まだ実家にいた頃、毎日ガミガミ言う勝子を見るのが嫌だった。そして、勝子からガミガミ言われて「ハイ、ハイ」と返事をする悦子も嫌いだった。毎日そんなふたりを見ていることは、久美子にとって、本当に心の痛いことだった。

勝子がどこかへ出かけて、二日ほど留守にすると、悦子は何年分もの笑顔を見せた。子供の世話をし、風呂では歌を口ずさんでいた。そこには楽しい笑い声もあった。久美子が風呂に入っていると、湯加減を聞いたりして、それなりに世話を焼いてくれたのだ。

何だかんだと言われても、家や土地を悦子はそれなりに守ってきたのだから、勝子ももう怒ってはいないだろう。それにしても、一度でいいから、勝子に強く言い返す悦子の姿を見てみたかったと思う久美子だった。

久美子は毎日、勝子の怒鳴り声で目を覚ましていた。家を出て就職するまで聞き続けた勝子の怒鳴り声は、家を離れて何年しても久美子の耳の奥でこだましていた。

そんなどうしようもない、嫁姑のゆがんだ諍いは終わったのだ。悦子はもう誰からもガミガミと言われることはないのだから、好きなように生きればいい。

そうは思っても、久美子の心の中には、どうしても悦子を許せないものがある。だから、たとえ悦子が勇一と同じ墓に入ることになったとしても、手を合わせる気持ちにはなれないのだ。

勝子の人生で、何が上手くいかなかったかといえば、それはやはり嫁の問題だった。勝子は嫁の立場になって考えてみたことがあっただろうか。逆に悦子は姑の立場で考えたことがあっただろうか。お互いの立場を想像してみれば、全てを任せたということになったかも知れない。悦子とは逆の、気の強い人が嫁だったら、案外上手くいっていたのかも知れない。

「三つ子の魂百まで」とことわざにある通り、幼い頃の性格は、年をとっても変わらない。勝子の場合は、育てた人の心がそのまま表れたともいえる。何かにつけ、勝子は「老いては子に従え」ができなかった。というより、従えるほどの度量がなかったということだ。それが一番の難点だった。

さらには、素直さがなかった。悦子は何かにつけて、礼を言ってもらうことを喜ぶ。他方、勝子は照れもあって、素直に礼が言えない。プライドもあったかも知れない。夫の正雄は、老人ホームにいたときも見舞いに行けば「ありがとう。また来てくれ」と言う人だった。その「ありがとう」があるかないかで、悦子の好き嫌いは決まったのだ。しかし勝子に「悦子は礼を言ってほしいらしい」と教えたとしても、反応は「フン！」という感じだったに違いない。

もう勝子はいない。

だから悦子には、存分に自由を楽しんでほしい。

おわりに

　定年になったら何をしようかと考えていた頃、姉兄や身内からいろいろ母のことを聞いているうちに、ふと母の人生を文章にまとめてみようと思い立ちました。それがこの本を出すきっかけとなったのです。

　いろいろと書き進めるうちに、母の人生というより、母の家族それぞれの人生の集合のようになってしまいました。

　普段は手紙を書くことくらいしかしない私にとって、原稿用紙に向かって本格的に文章を書くのは学生時代以来のことでした。傍らには常に辞書を置いていました。辞書があれば安心できるのですが、結局、間違いに気付かないまま書く始末で、情けないことです。

正直に言うと、私は母のことが嫌いでした。ガミガミと言う母が大嫌いでした。母は戌年だから、人によく噛み付くのだと思ったりもしたものです。それでも、母は母なのだと考え直しました。

書くに当たっては、まず、いろいろと母のことを調べなくてはなりません。どこから調べ始めたら良いのだろうかと悩みました。母の生涯を知っていて、まだご存命の方は、数人しかいません。その方たちからいろいろと話を伺っているうちに、母への同情のようなものが芽生えてきていました。

実際に母と接していたときは、私と母の関係は淡々としたものでした。というよりも、母のことなどは、兄嫁とのケンカ人生をずっと送ればいいのにと思っていたのです。ふたりの関係は修正の利かないものでしたから。

それなのに、話を聞いていくうちに、もっと母のことを知りたいと思うように変化してきたのです。母の人生を、文章にして残したいと心から思えたのです。私自身の心の変化でした。けれども、ちゃんと書くことができるのか、それからは自問自答の繰り返しでした。

母を見舞いに、一人乗る高速バスの中で、書く、書かないと悩み、新幹線の中でも書くか書かないか迷った挙げ句、やはり、きちんと書こうと決めたのでした。

十分に時間をかけないと書けない不器用な私は、少しずつ情報を集め始め、それを基に、書いていきました。

情報を集めるのは大変でした。電話では顔が見えないので、適当な言い方をされることもありましたし、本にするとは言えないので、さりげなく探りを入れたりして苦労しながらも、母の逸話は増えていきました。私の知らないこともたくさんありましたし、あのときの出来事はやはりこういうことだったのかと納得したりもしました。

母の嫌いだった部分も、ただ強がっていただけだったのだと考えると、母を避けていた自分にガッカリもしました。さらに、父を一時避けていた自分のことも思い出しました。私はなんと大人気のない浅はかな人間だったのかと、情けない思いをしている自分自身がいました。

　両親が兄嫁を叱りつけるのを陰でこっそりと見て、両親自身は悪くないのかと憤りを感じていた多感な学生時代が思い出されます。すると、「家を出て行く」と言った義姉の、さぞや悔しかっただろう心情がよく分かるのです。それでも、どっちもどっちだったのでしょう。絶対的なものはないのです。どちらかが折れなければ仕方のないこともあります。

　嫁と姑の問題は、昔から、どこの家庭にもあったはずです。

　個人的には、家に入るお嫁さんがしっかりしていて、頭の回転が良ければなお良いと思っています。こういう言い方には語弊があるかも知れませんが、舅、姑にしてみれば、ゆくゆくはそのお嫁さんの世話になる身です。それなりに任せて安心できる人を、理想にしたいのです。

　実際には、そう上手くは行かないから、頭の痛いところです。どれほどの心構えで嫁いでくるかで、上手く行く、行かないが決まるのです。最初につまずいてしまうと、ずっとつまずいたままになりがちです。直すタイミングを逃すことになります。

しかし、理想通りのお嫁さんなどは、土台無理な願いです。そういう意味では、母は理想を持ち過ぎていたと言えるでしょう。こんな大きな農家を、きちんと後世に受け継いでくれるか、土地を上手に利用してくれるか、そういうことを心配していた母は、その思いに応えて安心させてくれる、お嫁さんのひと言を待っていたのでしょう。ところがその思惑がはずれてしまい、どうにでもなれと思ってしまったのでしょう。普通の姑なら、嫁と姑が上手くやるにはどうしたら良いか、考えあぐねるはずなのに……。

私だったら、ざっくばらんな性格なので、相手に合わせながら、自分の良い面は百パーセント発揮し、苦手だったり弱点だったりする部分は、お嫁さんに任せるというやり方で、案外上手くやっていけるような気がします。

母もそうであったら、別の人生を送っていたでしょうに。

この本を執筆するに当たり、文芸社の方々にはいろいろなアドバイスをいただき、大変お世話になりましたこと、お礼申し上げます。お陰様で、何とか本の形にまとめることができました。感激と感謝でいっぱいです。そして、この本がきっかけとなり、新しいたくさんの出会いがあったことに感謝したいと思います。

二〇一〇年　秋

出雲　りんだ

著者プロフィール
出雲 りんだ（いずも りんだ）
1950年生まれ。
主婦。
愛知県在住。

勝子の人生、嫁には負けん

2011年 4 月15日　初版第 1 刷発行

著　者　出雲 りんだ
発行者　瓜谷 綱延
発行所　株式会社文芸社
〒160-0022　東京都新宿区新宿1－10－1
電話　03-5369-3060（編集）
03-5369-2299（販売）

印刷所　図書印刷株式会社

ISBN978-4-286-10228-3